A

MADAME DUPRAT,

RUE DES SAINTS-PÈRES, N° 46.

Dieu fit du repentir la vertu des mortels.

PARIS.

A. PIHAN DE LA FOREST,

IMPRIMEUR, RUE DES NOYERS, N. 37.

1835.

Extrait d'une lettre à MM. les curés et vicaires de Saint-Germain et Saint-Thomas, accompagnant l'envoi des Éclats de sainte colère.

Sans doute quelques membres du clergé actuel ont assisté aux funérailles de la marquise de Saint-Gilles, en décembre 1829; et qu'ont-ils vu, menant le deuil, versant des larmes, implorant Dieu, jeune homme à douce figure, à noble tournure, à pieuse attitude, à profond recueillement, au point d'édifier, j'en suis sûr, les plus vénérables prêtres; hier, apprenant sa ruine, aujourd'hui ne songeant qu'au salut de sa tante et accomplissant de grand cœur l'amer sacrifice afin que le péché lui fût d'autant moins compté, et demain, après demain, de jour en jour, à revoir son beau-père qui l'avait pris sur parole, à revoir ses enfans qui perdent presque toutes leurs espérances, à revoir sa femme qui se désole tout bas et le console tout haut, se laisse frapper au cœur, et tourne au désespoir résigné cependant, et brise tout rapport avec les humains; et puis est atteint d'une affection cérébrale, d'un délire de trois jours, où son secret s'échappe en accens ou plutôt en cris; et enfin meurt victime de candeur, victime de scrupule, victime de piété, victime d'être comme nul autre n'est, et meurt de la main de qui..... Qu'on lise!!!

J'ai l'honneur d'être, etc.

De la Gervaisais.

Lettre signée du nom de madame de Ch....

« Si un sentiment humain ne peut vous inspirer d'envisager les choses d'une manière digne de vous, REGARDEZ PLUS HAUT ! »

Regardez plus haut ! et rappelez-vous le passé et pénétrez dans l'avenir. Entrer en la vie, sortir de la vie, époques distantes : venir de l'autre monde, retourner en l'autre monde, phases analogues.

Regardez plus haut ! et voyez dans le miroir des temps, quel fut votre jeune âge, quel est votre âge mûr ; et songez, alors que pour vous il sera mis fin à l'âge, comment il vous apparaîtra que l'âge mûr a fraudé, a trahi le jeune âge.

Regardez plus haut ! et quêtez, men-
diez en les régions du ciel, quelque rayon
de lumière à éclairer vos voies de perdi-
tion ; et hâtez-vous, avant qu'il y ait à
dire du repentir tardif :

Quæsivit de cœlo lucem, ingemuitque reperla.

(*Lettre écrite par madame de la G...*)

« Pensez-vous au tort que vous faites à
ses filles, qui pourtant n'y sont pour
rien, et dont j'ai entendu dire du bien, il
y a long-temps et avant tout ceci. »

Pensez vous au tort, etc. ! A vous,
madame, vont ces paroles, bien que par
une voie indirecte, et d'autant plus for-
tement, venant de qui délaisse ses plus
chers intérêts, ses plus tendres sentimens.

Pensez-vous au tort, etc. ! A vous,
madame, vont ces paroles, ou réveillant

en sursaut d'un sinistre sommeil, ou sus-
citant le cauchemar entre les dures in-
somnies, et en tout cas disant en vain
peut-être, que vos filles n'ont plus de
mère, sauf pour les perdre.

Pensez-vous au tort, etc. / A vous,
madame, de rendre des graces infinies,
que la céleste piété refoulant la ten-
dresse maternelle, que la pitié humaine,
se détachant de ses enfans, pour se re-
porter ailleurs, que la vertu ambition-
nant de faire le bien pour le mal, en-
viant de remplir le devoir omis par un
autre et de réparer le tort commis par un
autre, ainsi vous aillent de telles paroles.

Et déja, madame, ne vous est-il pas
venu des paroles de sorte analogue?

Les imprimés, suivant ce que dit l'exploit, ont été distribués aux curés et vi-

caires de Saint-Germain et de Saint-Thomas.

C'est vrai. Et, certes, nul besoin n'était, lorsque d'autres personnes de connaissance les avaient reçus aussi, de faire intervenir fort insolitement dans un acte juridique, le nom des ministres de Dieu, sans indiquer seulement à quelles causes, pour quels motifs, ce fait a été révélé par eux.

Plaît-il de les connaître ?

Eh ! les saints hommes ont rempli leur digne mission. Les saints hommes aussitôt instruits qu'une de leurs ouailles, naguère sous la première et maintenant sous la seconde de ces paroisses, était entachée *peut-être*, car en de tels êtres, le scrupule ne pousse pas au-delà du doute, soit de crime ou de tort, soit de faute ou d'erreur, sont accourus en hâte, tant est menaçant le trait subit de mort, sont venus avec prières, avec instances, tout au moins sommer la conscience de s'interroger elle-même, de sonder jusqu'au vif en les secrets honteux, enfin de se juger comme les autres sont jugés, comme jugent les autres.

Ils ont échoué en leur œuvre sacrée; l'exploit ne dit pas autre chose.

Car il ne tombe pas sous le sens, que ces saints hommes se soient faits espions de la plaignante, à lui rendre compte de ce qui se passe à son égard, et se fussent ainsi soumis à être interpelés devant le tribunal, en témoignage de ce que lesdits imprimés ont été vraiment envoyés.

Scandale à triple titre ! et en citant leurs noms, et en dissimulant la mission et en manifestant son insuccès : l'exploit ne fait pas autre chose.

Et dès long-temps, madame, ne vous

vient-il pas de jour à autre, des paroles de semblable nature?

Avril 1830. *Mémoires* en point de fait, en point de droit, dont la connaissance vous est parvenue par plusieurs voies, et notamment au moyen de ce que votre neveu, élève en droit, les sollicita et les obtint du correcteur de l'imprimerie.

Avril 1834. *Fragmens* et *Sommaire* dont la publication a été effectuée à trois cents et six cents exemplaires, à Paris, à Saint-Malo, partout sauf à Caen, quinze mois avant l'époque où il a été jugé à propos d'en faire un sujet de poursuite en diffamation.

Janvier 1835. *Éclats de sainte colère*, dont l'expédition a été opérée d'abord et pendant les premiers mois, aux parens et amis connus, en tout pays sauf à Caen, puis aux prêtres de Saint-Germain et Saint-Thomas et à d'autres personnes de votre société, enfin à vous-même le jour néfaste, quand ce n'est pas un jour de contrition, du Vendredi-Saint, six mois et trois mois avant l'époque où il a convenu d'y rechercher matière à un procès en diffamation.

Mai 1835. *Le Défi* bientôt suivi du *Cartel* en réponse, dont l'apparition subite enflamma de colère et suscita la fameuse lettre du mari qui se termine par cette phrase, évidemment inspirée par un de ces sentimens instinctifs qui surgissent des bas-fonds de la conscience et franchissent les barrières de l'esprit réfractaire, et frappent du plus vif trait de lumière.

« Loin de redouter l'éclat et les poursuites, vous les provoquez de *toute la puissance de votre ame.* »

**

Arrêtons-nous à ce mot, madame, et partons de ce mot et restons sur ce mot : car tout y est, de ce qui a été jamais dit, et de ce qui sera dit jamais.

Eh ! oui, mon ame parlait et parlait à une autre ame, autant qu'il était en elle.

Et mon ame avait raison, pour peu qu'il y eût une autre ame à répondre ; et mon ame n'avait tort qu'au cas qu'il n'y eût pas une autre ame à comprendre.

Et mon ame, s'il lui appartenait de dire, que cette autre ame soit faite, ainsi qu'il appartint à l'Être suprême de dire, que la lumière soit faite, eût été écoutée, entendue, par qui en était digne, se fût accordée, se fût harmonisée avec qui en était digne.

Mais loin qu'il y eût à créer cette autre ame, à la créer pure, chaste et vierge, il y avait à sonder sous la double cuirasse d'avidité et de vanité, à percer à travers la sinistre égide de l'exemple et du silence, s'efforçant de découvrir où était recélée l'ame peut-être : et cela fait, il y avait à la saisir en son gîte, à la frapper en ses entrailles, à la tirer de l'état de léthargie et la rendre à la vie.

OEuvre ardue, entreprise dès long-temps, poursuivie sans relâche, laquelle requérait de toute force, que les moyens appliqués à une telle tâche, à mesure qu'ils échouaient, se montrassent de plus en plus énergiques.

Dieu garde de s'excuser, étant très résolu à dépasser s'il le faut, le point extrême ce semble, où les choses en sont venues ! Dieu garde d'accuser, étant trop bien appris, comment la conscience est non pas impuissante, mais si peu puissante à s'insurger contre les penchans, légitimés qu'ils sont par la tolérance !

Trois partis étaient à prendre.

Ou délaisser la cause sacrée ! et quelle insigne lâcheté, alors qu'il n'y avait que des profits pour les petits-enfans, qu'il n'y avait des risques que pour le grand-père.

Ou implorer grace, mendier justice ! Et quelle honte inouie d'acheter quelque argent à un tel prix, de léguer une mémoire avilie en retour de la piteuse offrande !

Ou de faire ainsi qu'il a été fait.

Un double devoir commandait, le devoir de père, le devoir d'homme :

Celui là constamment, universellement accompli dans toute la nature animée, auquel ne manquent pas les bêtes féroces, mais seulement les bêtes brutes ;

Celui-ci rarement, acccidentellement rempli, même au sein des vertus, des lumières, soit que l'esprit ou le cœur faillisse à l'œuvre de l'apprécier, de l'appliquer.

Dieu ne fait rien en vain. Il créa le fort, il créa le faible, et le premier, ou pour opprimer ou pour protéger le second. Le dilemne est clair : il n'y a qu'à faire choix entre les deux termes.

De là vis-à-vis des enfans, la ligne de conduite était tracée, *ne varietur*.

Dieu ne fait que le bien. Il jeta côte à côte, le fort, le faible, l'un portant l'autre, l'un soutenant l'autre. L'espèce humaine n'offre qu'une mêlée confuse, en l'absence des relations d'équité.

Le monde serait duement représenté sous l'emblême d'une société d'assurance mutuelle, d'aide réciproque. De chacun à chacun, secours contre les illusions, et recours contre les déceptions : telle est la loi.

De là envers vous, bien qu'à peine soit ébauché le trait de la plus haute vérité, la ligne de conduite était marquée, difficile à admettre, impossible à renier.

Saisie, possédée du vertige, car à qui sonde les reins de l'homme, à travers les torts, les délits, apparaît toujours la pointe de vertige, qu'avez-vous donc fait ou plutôt que n'avez-vous pas fait?

Et qui donc se repent tant qu'il jouit en paix, se corrige tant qu'il est applaudi.

Et qui donc n'est pas circonvenu par la bande noire des salons, par l'espèce à mépris, qui bien que fort aisée en ses déportemens, accorde encore plus de tolérance aux autres, qui même n'atteint pas à ce minimum de vertu, de dire à qui semble coupable, *je n'aurais pas fait cela.*

Aussi, tandis que la prétendue amitié

ou adulatrice, ou pusillanime, ou circonspecte, ne laissait s'échapper que des paroles réellement ennemies, la loyale inimitié, franche et forte et ferme, avait à faire éclater des paroles vraiment amies.

Alors que l'assentiment tacite, la tolérance ostensible tendaient à étouffer le repentir au sein qui le portait en germe, les réprimandes énergiques, l'anathême manifeste devaient travailler à animer d'un souffle de vie l'embryon à peine conçu, à l'aider en sa venue à bien.

Le jour ne tardera pas, fût-ce le dernier des jours, où ils seront maudits les gens de lâche espèce, où il sera béni l'homme de race forte.

L'âge arrive ; le terme approche : à mesure que la vie se détache du corps, aussi l'ame se dégage de la vie.

Les illusions, les déceptions, perdant

peu à peu de leur charme, perdent enfin de leur prestige : d'un bord se ravivent les souvenances de l'entrée en ce monde, de l'autre adviennent les pressentimens de la sortie de ce monde.

Or à quoi est donnée la puissance de rallier, de raccorder et ce commencement et cette fin, qui déja se touchent, qui bientôt se confondent? en quoi est recélée la vertu d'effacer, d'annuler tant d'actes, tant de faits qui élèvent entre l'un et l'autre, une barrière de fer.

Le repentir!!! C'est là où gissent une telle puissance, une telle vertu.

Le temps en est gros; le temps en accouche tôt ou tard : seulement le travail est plus ou moins long.

Dans la vue d'abréger la durée de l'épreuve, quand la conscience est engourdie dans le repos, est amortie parmi

les joies, il est besoin de l'éveiller, de l'é-
clairer d'un vif trait de foudre.

Et voilà que le trait a été lancé ; voilà
qu'il a percé jusqu'au cœur ; voilà qu'il se
tourne et se retourne en la blessure.

Qu'on s'agite, qu'on se débatte, le trait
pénètre plus avant, s'ancre d'autant plus.

Au bruit du jour, sous l'éclat du jour,
le repentir se tait, s'éclipse. Vienne la
nuit ! Là, règne le tyran, le bourreau.

Tour à tour, et les rêves et les insom-
nies se complaisent à lui offrir une proie
de plus en plus appropriée aux tortures.

Le réveil ramène la victime affaiblie,
abattue, répugnante à la lumière qui lui
semble mettre le cœur à nu, impatiente
des ténèbres où, ce lui semble, le cœur se
cache de lui-même.

Qui donc viendra tirer de cet état d'an-
goisses redoublées, de cet état d'agonie

chronique? Qui viendra relever, restaurer l'ame, au point de se manifester en sa puissance native? Qui viendra, non sans une crise violente où ne manqueront pas les souffrances, délivrer l'ame de l'envahissement des passions.

Qui répondra comme il y avait à répondre, à ce soupir consciencieux, implorant, ce semble, aide et appui, afin d'atteindre au repentir?

Qui méritera à un tel titre, d'incompareilles actions de grace?

Moi ! ! ! Madame.

A. PILLAN DE LA FOREST, Imprimeur, rue des Nojers, 37.